한국의 아름다운 시

일러두기

- 따라 쓰기 좋은 한국의 아름다운 시들을 모았습니다. 왼쪽에는 시를, 오른쪽에는 시를 따라 쓸 수 있는 필사 페이지를 준비했습니다. 시를 필사하며 시인의 마음을 느껴보세요.

- 시는 가능한 한 원문을 살리려고 노력했지만, 이해하기 어려운 부분은 의미를 잘 파악할 수 있도록 현대어로 수정하거나 줄바꿈을 했습니다. 시를 읽으면서 그 안에 담긴 깊은 의미를 찾아보길 바랍니다.

- 책의 뒤쪽에 시를 읽고 생각해볼 수 있는 질문을 함께 실었습니다. 시를 읽고, 따라 쓰며, 이 질문들에 답해 보세요. 시를 통해 느낀 감정과 생각을 스스로 돌아보고 표현해본다면 시를 더 깊이 느낄 수 있을 거예요.

한국의
아름다운
시

차례

윤동주

서시 · 10

쉽게 씌어진 시 · 12

편지 · 16

눈 · 18

참회록 · 20

소년 · 22

자화상 · 24

길 · 26

병원 · 30

별 헤는 밤 · 32

바람이 불어 · 38

김소월

진달래꽃 · 42

가을 저녁에 · 44

금잔디 · 46

예전엔 미처 몰랐어요 · 48

엄마야 누나야 · 50

산유화 · 52

개여울 · 54

못 잊어 · 56

먼 후일 · 58

초혼 · 60

한용운

님의 침묵 · 66

나룻배와 행인 · 68

님의 손길 · 70

사랑하는 까닭 · 72

복종 · 74

당신을 보았습니다 · 76

사랑 · 78

달을 보며 · 80

알 수 없어요 · 82

사랑의 존재 · 86

정지용

향수 · 92

그의 반 · 96

호수 1 · 98

유리창 1 · 100

이른 봄 아침 · 102

바다 1 · 106

춘설 · 108

달 · 110

별 · 112

고향 · 114

김영랑

돌담에 속삭이는 햇발같이 · 118
내 마음을 아실 이 · 120
꿈밭에 봄 마음 · 122
끝없는 강물이 흐르네 · 124
모란이 피기까지는 · 126
바다로 가자 · 128
다정히도 불어오는 바람 · 132
언덕에 바로 누워 · 134

이상

거울 · 164
꽃나무 · 166
이런 시 · 168
무제1 · 172
오감도 시제1호 · 174
오감도 시제10호 나비 · 178
시제15호 · 180

질문들 · 185

이육사

광야 · 138
교목 · 140
절정 · 142
청포도 · 144
바다의 마음 · 146
꽃 · 148
한 개의 별을 노래하자 · 150
소년에게 · 154
황혼 · 158

윤동주

(尹東柱, 1917-1945)

윤동주는 일제강점기 한국의 저항 시인으로, 조국의 독립과 민족의 자유를 갈망하며 시를 통해 자신의 신념을 표현했다. 만주 북간도에서 태어난 그는 한국의 독립운동이 활발하던 환경에서 성장했다. 평양 숭실중학교와 서울의 연희전문학교에서 수학하면서 문학에 심취하게 되었고, 특히 시를 통해 자신의 내면을 드러내기 시작했다. 윤동주의 시는 일제의 식민 통치 아래 고통받는 민족의 아픔과 그의 내적 갈등을 담고 있으며 「서시」, 「자화상」, 「별 헤는 밤」 등의 작품은 대표적인 저항시로 꼽힌다.

1943년 항일운동 혐의로 일본 경찰에 체포된 그는 후쿠오카 형무소에 수감되었고, 고문과 가혹한 환경으로 인해 광복을 앞둔 1945년 2월, 젊은 나이에 옥사했다. 그의 죽음은 일제의 잔혹함을 알리는 계기가 되었고, 이후 그의 시는 한국 문학사에서 저항과 순수한 예술적 혼을 상징하는 작품으로 자리매김했다.

서시

죽는 날까지 하늘을 우러러

한 점 부끄럼이 없기를,

잎새에 이는 바람에도

나는 괴로워했다.

별을 노래하는 마음으로

모든 죽어가는 것을 사랑해야지.

그리고 나한테 주어진 길을

걸어가야겠다.

오늘 밤에도 별이 바람에 스치운다.

쉽게 씌어진 시

창밖에 밤비가 속살거려
육첩방은 남의 나라,

시인이란 슬픈 천명인 줄 알면서도
한 줄 시를 적어볼까,

땀내와 사랑내 포근히 품긴
보내 주신 학비 봉투를 받아

대학 노-트를 끼고
늙은 교수의 강의 들으러 간다.

생각해보면 어린 때 동무를
하나, 둘, 죄다 잃어버리고

나는 무얼 바라
나는 다만, 홀로 침전하는 것일까?

인생은 살기 어렵다는데

시가 이렇게 쉽게 씌어지는 것은
부끄러운 일이다.

육첩방은 남의 나라
창밖에 밤비가 속살거리는데,

등불을 밝혀 어둠을 조금 내몰고,
시대처럼 올 아침을 기다리는 최후의 나,

나는 나에게 작은 손을 내밀어
눈물과 위안으로 잡는 최초의 악수.

편지

누나!
이 겨울에도
눈이 가득히 왔습니다.

흰 봉투에
눈을 한 줌 넣고
글씨도 쓰지 말고
우표도 붙이지 말고
말쑥하게 그대로
편지를 부칠까요?

누나 가신 나라엔
눈이 아니 온다기에.

눈

지난밤에
눈이 소오복이 왔네

지붕이랑
길이랑 밭이랑
추워한다고
덮어주는 이불인가 봐

그러기에
추운 겨울에만 내리지

참회록

파란 녹이 낀 구리거울 속에
내 얼굴이 남아 있는 것은
어느 왕조의 유물이기에
이다지도 욕될까.

나는 나의 참회의 글을 한 줄에 줄이자.
— 만 이십사 년 일 개월을
무슨 기쁨을 바라 살아왔던가.

내일이나 모레나 그 어느 즐거운 날에
나는 또 한 줄의 참회록을 써야 한다.
— 그때 그 젊은 나이에
왜 그런 부끄러운 고백을 했던가.

밤이면 밤마다 나의 거울을
손바닥으로 발바닥으로 닦아보자.
그러면 어느 운석 밑으로 홀로 걸어가는
슬픈 사람의 뒷모양이
거울 속에 나타나 온다.

소년

여기저기서 단풍잎 같은 슬픈 가을이 뚝뚝 떨어진다. 단풍잎 떨어져 나온 자리마다 봄을 마련해놓고 나뭇가지 위에 하늘이 펼쳐 있다. 가만히 하늘을 들여다보려면 눈썹에 파란 물감이 든다. 두 손으로 따뜻한 볼을 쓸어보면 손바닥에도 파란 물감이 묻어난다. 다시 손바닥을 들여다본다. 손금에는 맑은 강물이 흐르고, 맑은 강물이 흐르고, 강물 속에는 사랑처럼 슬픈 얼굴 — 아름다운 순이의 얼굴이 어린다. 소년은 황홀히 눈을 감아본다. 그래도 맑은 강물은 흘러 사랑처럼 슬픈 얼굴 — 아름다운 순이의 얼굴은 어린다.

자화상

산모퉁이를 돌아 논가 외딴 우물을
홀로 찾아가선 가만히 들여다봅니다.

우물 속에는 달이 밝고 구름이 흐르고 하늘이 펼치고
파아란 바람이 불고 가을이 있습니다.

그리고 한 사나이가 있습니다.
어쩐지 그 사나이가 미워져 돌아갑니다.

돌아가다 생각하니 그 사나이가 가엾어집니다.
도로 가 들여다보니 사나이는 그대로 있습니다.

다시 그 사나이가 미워져 돌아갑니다.
돌아가다 생각하니 그 사나이가 그리워집니다.

우물 속에는
달이 밝고 구름이 흐르고 하늘이 펼치고 파아란 바람이 불고
가을이 있고 추억처럼 사나이가 있습니다.

길

잃어버렸습니다.
무얼 어디다 잃었는지 몰라
두 손이 주머니를 더듬어
길에 나아갑니다.

돌과 돌과 돌이 끝없이 연달아
길은 돌담을 끼고 갑니다.

담은 쇠문을 굳게 닫아
길 위에 긴 그림자를 드리우고

길은 아침에서 저녁으로
저녁에서 아침으로 통했습니다.

돌담을 더듬어 눈물 짓다
쳐다보면 하늘은 부끄럽게 푸릅니다.

풀 한 포기 없는 이 길을 걷는 것은
담 저쪽에 내가 남아 있는 까닭이고,

내가 사는 것은, 다만,

잃은 것을 찾는 까닭입니다.

병원

살구나무 그늘로 얼굴을 가리고, 병원 뒤뜰에 누워, 젊은 여자가 흰옷
아래로 하얀 다리를 드러내놓고 일광욕을 한다. 한나절이 기울도록 가
슴을 앓는다는 이 여자를 찾아오는 이, 나비 한 마리도 없다. 슬프지도
않은 살구나무 가지에는 바람조차 없다.

나도 모를 아픔을 오래 참다 처음으로 이곳에 찾아왔다. 그러나 나의
늙은 의사는 젊은이의 병을 모른다. 나한테는 병이 없다고 한다. 이 지
나친 시련, 이 지나친 피로, 나는 성내서는 안 된다.

여자는 자리에서 일어나 옷깃을 여미고 화단에서 금잔화 한 포기를 따
가슴에 꽂고 병실 안으로 사라진다. 나는 그 여자의 건강이 — 아니 내
건강도 속히 회복되기를 바라며 그가 누웠던 자리에 누워 본다.

별 헤는 밤

계절이 지나가는 하늘에는
가을로 가득 차 있습니다.

나는 아무 걱정도 없이
가을 속의 별들을 다 헤일 듯합니다.

가슴속에 하나둘 새겨지는 별을
이제 다 못 헤는 것은
쉬이 아침이 오는 까닭이요,
내일 밤이 남은 까닭이요,
아직 나의 청춘이 다하지 않은 까닭입니다.

별 하나에 추억과
별 하나에 사랑과
별 하나에 쓸쓸함과
별 하나에 동경과
별 하나에 시와
별 하나에 어머니, 어머니,

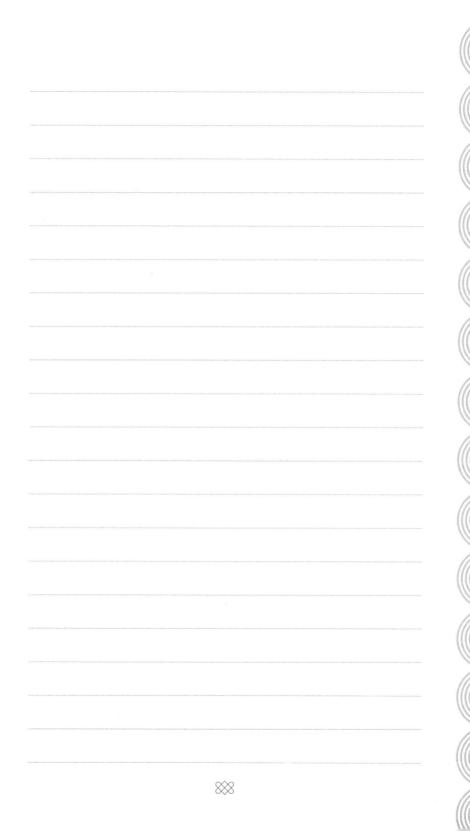

어머님, 나는 별 하나에 아름다운 말 한마디씩 불러봅니다. 소학교 때 책상을 같이했던 아이들의 이름과, 패(佩), 경(鏡), 옥(玉) 이런 이국 소녀들의 이름과 벌써 애기 어머니 된 계집애들의 이름과, 가난한 이웃 사람들의 이름과, 비둘기, 강아지, 토끼, 노새, 노루, '프랑시스 잠', '라이너 마리아 릴케' 이런 시인의 이름을 불러봅니다.

이네들은 너무나 멀리 있습니다.
별이 아슬히 멀 듯이,

어머님,
그리고 당신은 멀리 북간도에 계십니다.

나는 무엇인지 그리워
이 많은 별빛이 내린 언덕 위에
내 이름자를 써보고,
흙으로 덮어버렸습니다.

딴은 밤을 새워 우는 벌레는
부끄러운 이름을 슬퍼하는 까닭입니다.

그러나 겨울이 지나고 나의 별에도 봄이 오면

무덤 위에 파란 잔디가 피어나듯이

내 이름자 묻힌 언덕 위에도

자랑처럼 풀이 무성할 게외다.

바람이 불어

바람이 어디로부터 불어와
어디로 불려 가는 것일까,

바람이 부는데
내 괴로움에는 이유가 없다.

내 괴로움에는 이유가 없을까.

단 한 여자를 사랑한 일도 없다.
시대를 슬퍼한 일도 없다.

바람이 자꾸 부는데
내 발이 반석 위에 섰다.

강물이 자꾸 흐르는데
내 발이 언덕 위에 섰다.

김소월

(金素月, 1902-1934)

김소월은 한국의 대표적인 서정시인으로, 본명은 김정식이다. 평안북도 구성에서 태어나 평안북도 정주의 오산학교와 경성의 배재고등보통학교에서 수학하며 시를 쓰기 시작했고, 일찍이 두각을 나타냈다. 김소월의 시는 주로 민요적 리듬과 토속적 언어를 사용하여 전통적인 정서를 표현하며 「진달래꽃」, 「산유화」, 「초혼」 등이 그의 대표작으로 꼽힌다. 특히 「진달래꽃」은 이별의 슬픔과 민족의 애환을 노래한 작품으로, 한국인의 감성을 깊이 어루만진다.

김소월의 시 세계는 단순한 서정성을 넘어, 일제강점기라는 시대적 상황 속에서 한국인의 상실감과 슬픔을 대변하는 역할을 했다. 그의 시는 민족적 애환과 함께 자연과 인간의 내면을 아름답게 그려냈다는 평가를 받는다. 일제의 억압 속에서 경제적 어려움과 개인적인 고뇌가 깊어지면서, 1934년 32세의 젊은 나이에 생을 마쳤다. 그의 생은 짧았으나 그의 아름다운 시들은 지금도 한국 문학사에서 사랑받고 있다.

진달래꽃

나 보기가 역겨워

가실 때에는

말없이 고이 보내 드리오리다.

영변에 약산

진달래꽃

아름 따다 가실 길에 뿌리오리다.

가시는 걸음걸음

놓인 그 꽃을

사뿐히 즈려밟고 가시옵소서.

나 보기가 역겨워

가실 때에는

죽어도 아니 눈물 흘리오리다.

가을 저녁에

물은 희고 길구나, 하늘보다도.
구름은 붉구나, 해보다도.
서럽다, 높아가는 긴 들 끝에
나는 떠돌며 울며 생각한다, 그대를.

그늘 깊어 오르는 발 앞으로
끝없이 나아가는 길은 앞으로.
키 높은 나무 아래로, 물 마을은
성깃한 가지가지 새로 떠오른다.

그 누가 온다고 한 언약도 없건마는!
기다려 볼 사람도 없건마는!
나는 오히려 못 물가를 싸고 떠돈다.
그 못물로는 놀이 잦을 때.

금잔디

잔디,

잔디,

금잔디,

심심산천에 붙는 불은
가신 임 무덤가에 금잔디.

봄이 왔네, 봄빛이 왔네.
버드나무 끝에도 실가지에,
봄빛이 왔네, 봄날이 왔네.

심심산천에도 금잔디에.

예전엔 미처 몰랐어요

봄가을 없이 밤마다 돋는 달도
예전엔 미처 몰랐어요.

이렇게 사무치게 그리울 줄도
예전엔 미처 몰랐어요.

달이 암만 밝아도 쳐다볼 줄을
예전엔 미처 몰랐어요.

이제금 저 달이 설움인 줄은
예전엔 미처 몰랐어요.

엄마야 누나야

엄마야 누나야 강변 살자
뜰에는 반짝이는 금모래 빛
뒷문 밖에는 갈잎의 노래
엄마야 누나야 강변 살자

산유화

산에는 꽃 피네

꽃이 피네

가을 봄 여름 없이

꽃이 피네

산에

산에

피는 꽃은

저만치 혼자서 피어 있네

산에서 우는 작은 새여

꽃이 좋아

산에서

사노라네

산에는 꽃 지네

꽃이 지네

가을 봄 여름 없이

꽃이 지네

개여울

당신은 무슨 일로

그리합니까?

홀로이 개여울에 주저앉아서

파릇한 풀포기가

돋아나오고

잔물은 봄바람에 헤적일 때에

가도 아주 가지는

않노라시던

그러한 약속이 있었겠지요

날마다 개여울에

나와 앉아서

하염없이 무엇을 생각합니다

가도 아주 가지는

않노라심은

굳이 잊지 말라는 부탁인지요

못 잊어

못 잊어 생각이 나겠지요
그런대로 한세상 지내시구려
사노라면 잊힐 날 있으리다

못 잊어 생각이 나겠지요
그런대로 세월만 가라시구려
못 잊어도 더러는 잊히오리다

그러나 또 한긋 이렇지요
"그리워 살뜰히 못 잊는데
어쩌면 생각이 떠지나요?"

먼 후일

먼 훗날 당신이 찾으시면
그때에 내 말이 '잊었노라'

당신이 속으로 나무라면
'무척 그리다가 잊었노라'

그래도 당신이 나무라면
'믿기지 않아서 잊었노라'

오늘도 어제도 아니 잊고
먼 훗날 그때에 '잊었노라'

초혼

산산이 부서진 이름이여!
허공 중에 헤어진 이름이여!
불러도 주인 없는 이름이여!
부르다가 내가 죽을 이름이여!

심중에 남아 있는 말 한마디는
끝끝내 마저 하지 못하였구나.
사랑하던 그 사람이여!
사랑하던 그 사람이여!

붉은 해는 서산 마루에 걸리었다.
사슴의 무리도 슬퍼 운다.
떨어져 나가 앉은 산 위에서
나는 그대의 이름을 부르노라.

설움에 겹도록 부르노라.
설움에 겹도록 부르노라.
부르는 소리는 비껴가지만
하늘과 땅 사이가 너무 넓구나.

선 채로 이 자리에 돌이 되어도

부르다가 내가 죽을 이름이여!

사랑하던 그 사람이여!

사랑하던 그 사람이여!

한용운

(韓龍雲, 1879-1944)

한용운은 일제강점기 한국의 독립운동가이자 저항 시인, 불교 승려이다. 충청남도 홍성에서 태어나 16세에 출가하여 승려가 되었으며, 이후 일본으로 건너가 신문명을 시찰하기도 했다. 1919년 3·1 운동 당시 민족대표 33인 중 한 사람으로 참여하여 독립선언서에 서명했고, 이로 인해 체포되어 3년간 옥고를 치렀으나 그의 투지는 꺾이지 않았다.

한용운의 시는 조국의 독립을 염원하는 강렬한 감정과 불굴의 의지를 담고 있으며 그의 대표작 「님의 침묵」은 이러한 저항 의식을 잘 보여준다. 이 시에서 '님'은 조국과 불교의 이상을 상징하며, 그는 이를 통해 잃어버린 조국과 자유에 대한 깊은 애정을 표현했다. 그는 일제의 강압 속에서도 민족의 자주성과 독립을 위해 평생을 헌신했고 1944년 6월, 서울 성북동에서 생을 마감했다. 그의 삶과 작품은 일제에 맞선 민족 저항의 상징으로 남아 있다.

님의 침묵

님은 갔습니다. 아아, 사랑하는 나의 님은 갔습니다.

푸른 산빛을 깨치고 단풍나무 숲을 향하여 난 작은 길을 걸어서 차마

떨치고 갔습니다.

황금의 꽃같이 굳고 빛나던 옛 맹세는 차디찬 티끌이 되어서 한숨의

미풍에 날아갔습니다.

날카로운 첫 키스의 추억은 나의 운명의 지침을 돌려놓고 뒷걸음쳐서

사라졌습니다.

나는 향기로운 님의 말소리에 귀먹고 꽃다운 님의 얼굴에 눈멀었습니다.

사랑도 사람의 일이라 만날 때에 미리 떠날 것을 염려하고 경계하지

아니한 것은 아니지만, 이별은 뜻밖의 일이 되고 놀란 가슴은 새로운

슬픔에 터집니다.

그러나 이별을 쓸데없는 눈물의 원천으로 만들고 마는 것은 스스로

사랑을 깨치는 것인 줄 아는 까닭에, 걷잡을 수 없는 슬픔의 힘을

옮겨서 새 희망의 정수박이에 들어부었습니다.

우리는 만날 때에 떠날 것을 염려하는 것과 같이 떠날 때에 다시 만날

것을 믿습니다.

아아, 님은 갔지마는 나는 님을 보내지 아니하였습니다.

제 곡조를 못 이기는 사랑의 노래는 님의 침묵을 휩싸고 돕니다.

나룻배와 행인

나는 나룻배
당신은 행인.

당신은 흙발로 나를 짓밟습니다.
나는 당신을 안고 물을 건너갑니다.
나는 당신을 안으면 깊으나 옅으나 급한 여울이나 건너갑니다.

만일 당신이 아니 오시면 나는 바람을 쐬고 눈비를 맞으며
밤에서 낮까지 당신을 기다리고 있습니다.
당신은 물만 건너면 나를 돌아보지도 않고 가십니다그려.

그러나 당신이 언제든지 오실 줄만은 알아요.
나는 당신을 기다리면서 날마다 날마다 낡아갑니다.

나는 나룻배
당신은 행인.

님의 손길

님의 사랑은 강철을 녹이는 물보다도 뜨거운데
님의 손길은 너무 차서 한도가 없습니다.
나는 이 세상에서 서늘한 것도 보고 찬 것도 보았습니다.
그러나 님의 손길같이 찬 것은 볼 수가 없습니다.

국화 핀 서리 아침에 떨어진 잎새를 울리고 오는 가을바람도
님의 손길보다는 차지 못합니다.
달이 작고 별에 뿔나는 겨울밤에 얼음 위에 쌓인 눈도
님의 손길보다는 차지 못합니다.
감로와 같이 청량한 선사의 설법도
님의 손길보다는 차지 못합니다.

나의 작은 가슴에 타오르는 불꽃은
님의 손길이 아니고는 끄는 수가 없습니다.
님의 손길의 온도를 측량할 만한 한란계는
나의 가슴밖에는 아무 데도 없습니다.
님의 사랑은 불보다도 뜨거워서
근심산(山)을 태우고 한(恨)바다를 말리는데
님의 손길은 너무도 차서 한도가 없습니다.

사랑하는 까닭

내가 당신을 사랑하는 것은

까닭이 없는 것이 아닙니다.

다른 사람들은 나의 홍안만을 사랑하지마는

당신은 나의 백발도 사랑하는 까닭입니다.

내가 당신을 그리워하는 것은

까닭이 없는 것이 아닙니다.

다른 사람들은 나의 미소만을 사랑하지마는

당신은 나의 눈물도 사랑하는 까닭입니다.

내가 당신을 기다리는 것은

까닭이 없는 것이 아닙니다.

다른 사람들은 나의 건강만을 사랑하지마는

당신은 나의 죽음도 사랑하는 까닭입니다.

복종

남들은 자유를 사랑한다지마는
나는 복종을 좋아하여요.
자유를 모르는 것은 아니지만
당신에게는 복종만 하고 싶어요.
복종하고 싶은데 복종하는 것은
아름다운 자유보다도 달콤합니다.
그것이 나의 행복입니다.

그러나 당신이 나더러 다른 사람을 복종하라면
그것만은 복종할 수가 없습니다.
다른 사람에게 복종하려면
당신에게 복종할 수가 없는 까닭입니다.

당신을 보았습니다

당신이 가신 뒤로 나는 당신을 잊을 수가 없습니다.

까닭은 당신을 위하느니보다 나를 위함이 많습니다.

나는 갈고 심을 땅이 없으므로 추수가 없습니다.

저녁거리가 없어서 조나 감자를 꾸려 이웃집에 갔더니,

주인은 "거지는 인격이 없다, 인격이 없는 사람은 생명이 없다,

너를 도와주는 것은 죄악이다"고 말하였습니다.

그 말을 듣고 돌아 나올 때에 쏟아지는 눈물 속에서 당신을 보았습니다.

나는 집도 없고 다른 까닭을 겸하여 민적이 없습니다.

"민적 없는 자는 인권이 없다, 인권이 없는 너에게 무슨 정조냐" 하고

능욕하려는 장군이 있었습니다.

그를 항거한 뒤에 남에게 대한 격분이 스스로의 슬픔으로 화하는

찰나에 당신을 보았습니다.

아아 온갖 윤리, 도덕, 법률은 칼과 황금을 제사 지내는 연기인 줄을

알았습니다.

영원의 사랑을 받을까, 인간 역사의 첫 페이지에 잉크칠을 할까,

술을 마실까 망설일 때에 당신을 보았습니다.

사랑

봄 물보다 깊으니라.

가을 산보다 높으니라.

달보다 빛나리라.

돌보다 굳으리라.

사랑을 묻는 이 있거든

이대로만 말하리.

달을 보며

달은 밝고 당신이 하도 그리웠습니다.

자던 옷을 고쳐 입고 뜰에 나와 퍼지르고 앉아서

달을 한참 보았습니다.

달은 차차차 당신의 얼굴이 되더니

넓은 이마, 둥근 코, 아름다운 수염이 역력히 보입니다.

간 해에는 당신의 얼굴이 달로 보이더니

오늘 밤에는 달이 당신의 얼굴이 됩니다.

당신의 얼굴이 달이기에 나의 얼굴도 달이 되었습니다.

나의 얼굴은 그믐달이 된 줄을 당신이 아십니까.

아아 당신의 얼굴이 달이기에 나의 얼굴도 달이 되었습니다.

알 수 없어요

바람도 없는 공중에 수직의 파문을 내며
고요히 떨어지는 오동잎은 누구의 발자취입니까.

지리한 장마 끝에 서풍에 몰려가는
무서운 검은 구름의 터진 틈으로
언뜻언뜻 보이는 푸른 하늘은 누구의 얼굴입니까.

꽃도 없는 깊은 나무에 푸른 이끼를 거쳐서
옛 탑 위의 고요한 하늘을 스치는
알 수 없는 향기는 누구의 입김입니까.

근원은 알지도 못할 곳에서 나서
돌부리를 울리고 가늘게 흐르는 작은 시내는
굽이굽이 누구의 노래입니까.

연꽃 같은 발꿈치로 가없는 바다를 밟고
옥 같은 손으로 끝없는 하늘을 만지면서
떨어지는 날을 곱게 단장하는 저녁놀은 누구의 시입니까.

타고 남은 재가 다시 기름이 됩니다.

그칠 줄을 모르고 타는 나의 가슴은

누구의 밤을 지키는 약한 등불입니까.

사랑의 존재

사랑을 '사랑'이라고 하면 벌써 사랑은 아닙니다.

사랑을 이름 지을 만한 말이나 글이 어디 있습니까.

미소에 눌려서 괴로운 듯한 장밋빛 입술인들

그것을 스칠 수가 있습니까.

눈물의 뒤에 숨어서

슬픔의 흑암면을 반사하는 가을 물결의 눈인들

그것을 비칠 수가 있습니까.

그림자 없는 구름을 거쳐서

메아리 없는 절벽을 거쳐서

마음이 갈 수 없는 바다를 거쳐서

존재?

존재입니다.

그 나라는 국경이 없습니다.

수명은 시간이 아닙니다.

사랑의 존재는

님의 눈과 님의 마음도 알지 못합니다.

사랑의 비밀은 다만 님의 수건에 수놓는 바늘과

님의 심으신 꽃나무와

님의 잠과 시인의 상상과

그들만이 압니다.

정지용

(鄭芝溶, 1902-1950)

정지용은 한국의 대표적인 서정시인으로, 서정적인 감수성과 탁월한 언어 감각으로 잘 알려져 있다. 충북 옥천에서 태어나 어린 시절부터 문학적 재능을 드러냈으며 일본 교토의 도시샤 대학에서 영문학을 공부하면서 서구 문학의 영향을 받아 한국어의 아름다움을 새로운 방식으로 탐구했다. 대표작으로는 「향수」, 「유리창」 등이 있으며, 이 시들은 한국어의 정교한 음율과 섬세한 이미지를 통해 독자들에게 깊은 감동을 주고 있다.

정지용은 일제강점기와 해방 이후의 혼란스러운 시대를 거치면서도 순수 문학의 가치를 지키며 한국 시문학의 발전에 기여했다. 한국전쟁 중 실종되어 사망 장소와 시기는 정확히 확인되지 않으나, 1950년 9월 납북 과정에서 미군의 폭격으로 사망했다는 내용의 기사가 발표된 적이 있다. 그의 시는 한국의 아름다움을 재발견하고 음미하게 하는 중요한 문학적 유산으로 평가받고 있다.

향수

넓은 벌 동쪽 끝으로

옛이야기 지줄대는 실개천이 휘돌아 나가고,

얼룩백이 황소가

해설피 금빛 게으른 울음을 우는 곳,

그곳이 차마 꿈엔들 잊힐 리야.

질화로에 재가 식어지면

비인 밭에 밤바람 소리 말을 달리고,

엷은 졸음에 겨운 늙으신 아버지가

짚베개를 돋아 고이시는 곳,

그곳이 차마 꿈엔들 잊힐 리야.

흙에서 자란 내 마음

파아란 하늘빛이 그리워

함부로 쏜 화살을 찾으려

풀섶 이슬에 함추름 휘적시던 곳,

그곳이 차마 꿈엔들 잊힐 리야.

전설 바다에 춤추는 밤물결 같은

검은 귀밑머리 날리는 어린 누이와

아무렇지도 않고 예쁠 것도 없는

사철 발 벗은 아내가

따가운 햇살을 등에 지고 이삭 줍던 곳,

그곳이 차마 꿈엔들 잊힐 리야.

하늘에는 성근 별

알 수도 없는 모래성으로 발을 옮기고,

서리 까마귀 우지짖고 지나가는 초라한 지붕,

흐릿한 불빛에 돌아앉아 도란도란거리는 곳,

그곳이 차마 꿈엔들 잊힐 리야.

그의 반

내 무엇이라 이름하리 그를?

나의 영혼 안의 고운 불,

공손한 이마에 비추는 달,

나의 눈보다 값진 이,

바다에서 솟아올라 나래 떠는 금성,

쪽빛 하늘에 흰 꽃을 달은 고산식물,

나의 가지에 머물지 않고

나의 나라에서도 멀다.

홀로 어여삐 스스로 한가로워 ─ 항상 머언 이,

나는 사랑을 모르노라 오로지 수그릴 뿐.

때 없이 가슴에 두 손이 여미어지며

굽이굽이 돌아나간 시름의 황혼길 위─

나─ 바다 이편에 남긴

그의 반임을 고이 지니고 걷노라.

호수 1

얼굴 하나야
손바닥 둘로
폭 가리지만,

보고픈 마음
호수만 하니
눈 감을밖에.

유리창 1

유리에 차고 슬픈 것이 어른거린다.

열없이 붙어 서서 입김을 흐리우니

길들은 양 언 날개를 파닥거린다.

지우고 보고 지우고 보아도

새까만 밤이 밀려 나가고 밀려와 부딪치고

물먹은 별이, 반짝, 보석처럼 박힌다.

밤에 홀로 유리를 닦는 것은

외로운 황홀한 심사이어니,

고운 폐혈관이 찢어진 채로

아아, 너는 산새처럼 날아갔구나!

이른 봄 아침

귀에 설은 새소리가 새어들어 와
참한 은시계로 자근자근 얻어맞은 듯,
마음이 이 일 저 일 보살필 일로 갈라져,
수은 방울처럼 동글동글 나동그라져,
춥기는 하고 진정 일어나기 싫어라.

쥐나 한 마리 훔켜잡을 듯이
미닫이를 살포-시 열고 보노니
사루마다 바람으론 오호! 추워라.

마른 새삼넝쿨 사이사이로
빠알간 산새 새끼가 물레에 북 드나들 듯.

새 새끼와도 언어 수작을 능히 할까 싶어라.
날카롭고도 보드라운 마음씨가 파닥거리어,
새 새끼와 내가 하는 에스페란토는 휘파람이라,
새 새끼야, 한종일 날아가지 말고 울어나 다오,
오늘 아침에는 나이 어린 코끼리처럼 외로워라.

산봉오리 — 저쪽으로 몰린 프로필 —

패랭이꽃 빛으로 볼그레하다.

씩 씩 뽑아 올라간, 밋밋하게

깎어 세운 대리석 기둥인 듯,

간덩이 같은 해가 이글거리는

아침 하늘을 일심으로 떠받치고 섰다.

봄바람이 허리띠처럼 휘이 감돌아 서서

사알랑 사알랑 날아오노니,

새 새끼도 포르르 포르르 불려 왔구나.

바다 1

오, 오, 오, 오, 오, 소리치며 달려가니
오, 오, 오, 오, 오, 연달아서 몰아온다.

간밤에 잠 살포시
머언 뇌성이 울더니,

오늘 아침 바다는
포도빛으로 부풀어졌다.

철석, 처얼석, 철석, 처얼석, 철석,
제비 날아들 듯 물결 사이사이로 춤을 추어.

춘설

문 열자 선뜻!
먼 산이 이마에 차라.

우수절 들어
바로 초하루 아침,

새삼스레 눈이 덮인 멧부리와
서늘옵고 빛난 이마받이 하다.

얼음 금 가고 바람 새로 따르거니
흰 옷고름 절로 향기로워라.
웅숭거리고 살아난 양이
아아 꿈 같기에 설어라.

미나리 파릇한 새순 돋고
옴짓 아니 기던 고기 입이 오물거리는,
꽃 피기 전 철 아닌 눈에
핫옷 벗고 도로 춥고 싶어라.

달

선뜻! 뜨인 눈에 하나 차는 영창
달이 이제 밀물처럼 밀려오다.

미욱한 잠과 베개를 벗어나
부르는 이 없이 불려 나가다.

한밤에 홀로 보는 나의 마당은
호수같이 둥긋이 차고 넘치노나.

쪼그리고 앉은 한옆에 흰 돌도
이마가 유달리 함초롬 고와라.

연연턴 녹음, 수묵색으로 짙은데
한창때 곤한 잠인 양 숨소리 설키도다.

비둘기는 무엇이 궁거워 구구 우느뇨,
오동나무 꽃이야 못 견디게 향그럽다.

별

누워서 보는 별 하나는
진정 멀-고나.

어스름 닫히려는 눈초리와
금실로 이은 듯 가깝기도 하고,

잠 살포시 깨인 한밤엔
창유리에 붙어서 엿보노라.

불현듯, 솟아나듯,
불리울 듯, 맞아들일 듯,

문득, 영혼 안에 외로운 불이
바람처럼 이는 회한에 피어오른다.

흰 자리옷 채로 일어나
가슴 위에 손을 여미다.

고향

고향에 고향에 돌아와도
그리던 고향은 아니러뇨.

산꿩이 알을 품고
뻐꾸기 제철에 울건만.

마음은 제 고향 지니지 않고
머언 항구로 떠도는 구름.

오늘도 뫼 끝에 홀로 오르니
흰 점 꽃이 인정스레 웃고,

어린 시절에 불던 풀피리 소리 아니 나고
메마른 입술에 쓰디쓰다.

고향에 고향에 돌아와도
그리던 하늘만이 높푸르구나.

김영랑

(金永郎, 1903-1950)

김영랑은 일제강점기 한국의 시인이자 독립운동가로, 본명은 김윤식이다. 전라남도 강진에서 태어난 그는 어린 시절부터 문학에 남다른 재능을 보였고, 특히 시를 통해 섬세한 감수성을 표현하는 데 뛰어났다. 1920년대 말 순수 서정시를 추구하는 '시문학파'의 일원으로 활동하며 한국 현대 시의 새로운 방향을 제시했다. 대표작으로는 「내 마음 아실 이」, 「모란이 피기까지는」 등이 있으며, 이 시들은 자연의 아름다움을 배경으로 일제의 억압 속에서 느끼는 민족의 고통을 은유적으로 표현하고 있다.

독립운동에도 적극적으로 참여했는데, 1930년대 중반부터 항일 운동에 가담하여 일제의 식민 통치에 저항했으며 이로 인해 여러 차례 투옥되기도 했다. 1945년 광복 후에도 계속해서 시를 썼으며, 1950년 한국전쟁 중 포탄 파편을 맞아 사망했다. 그의 시는 한국 문학사에서 순수 서정시의 정수를 보여준다. 김영랑은 민족의 아픔과 아름다움을 동시에 담아낸 시인으로 기억되고 있다.

돌담에 속삭이는 햇발같이

돌담에 속삭이는 햇발같이
풀 아래 웃음 짓는 샘물같이
내 마음 고요히 고운 봄 길 위에
오늘 하루 하늘을 우러르고 싶다.

새악시 볼에 떠오르는 부끄럼같이
시의 가슴 살포시 젖는 물결같이
보드레한 에메랄드 얇게 흐르는
실비단 하늘을 바라보고 싶다.

내 마음을 아실 이

내 마음을 아실 이
내 혼자 마음 날같이 아실 이
그래도 어데나 계실 것이면

내 마음에 때때로 어리우는 티끌과
속임 없는 눈물의 간곡한 방울방울,
푸른 밤 고이 맺는 이슬 같은 보람을
보밴 듯 감추었다 내어 드리지.

아! 그립다.
내 혼자 마음 날같이 아실 이
꿈에나 아득히 보이는가.

향 맑은 옥돌에 불이 달아
사랑은 타기도 하오련만
불빛에 연긴 듯 희미론 마음은
사랑도 모르리, 내 혼자 마음은.

꿈밭에 봄 마음

굽이진 돌담을 돌아서 돌아서

달이 흐른다 놀이 흐른다

하이얀 그림자

은실을 즈르르 몰아서

꿈밭에 봄 마음 가고 가고 또 간다

끝없는 강물이 흐르네

내 마음의 어딘 듯 한편에 끝없는

강물이 흐르네.

돋쳐 오르는 아침 날빛이 빤질한

은결을 도도네.

가슴엔 듯 눈엔 듯 또 핏줄엔 듯

마음이 도른도른 숨어 있는 곳

내 마음의 어딘 듯 한편에 끝없는

강물이 흐르네.

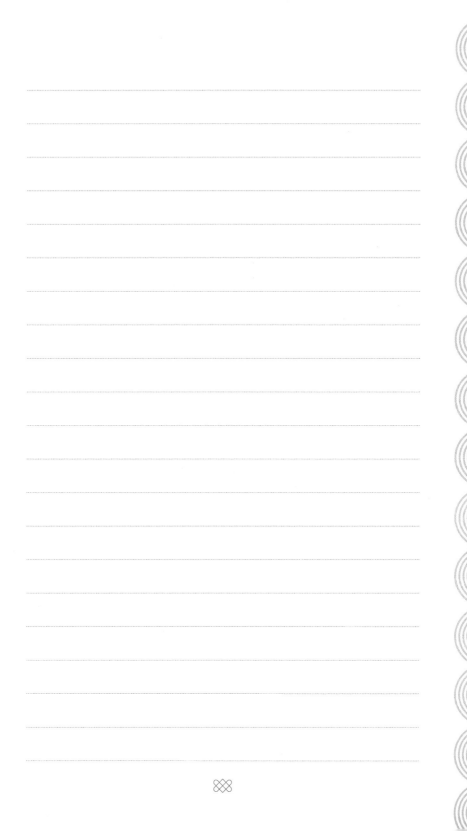

모란이 피기까지는

모란이 피기까지는

나는 아직 나의 봄을 기다리고 있을 테요.

모란이 뚝뚝 떨어져 버린 날

나는 비로소 봄을 여읜 설움에 잠길 테요.

5월 어느 날, 그 하루 무덥던 날

떨어져 누운 꽃잎마저 시들어 버리고는

천지에 모란은 자취도 없어지고

뻗쳐 오르던 내 보람 서운케 무너졌느니

모란이 지고 말면 그뿐, 내 한 해는 다 가고 말아

삼백예순 날 하냥 섭섭해 우옵네다.

모란이 피기까지는

나는 아직 기다리고 있을 테요, 찬란한 슬픔의 봄을.

바다로 가자

바다로 가자 큰 바다로 가자

우리 인제 큰 하늘과 넓은 바다를 마음대로 가졌노라

하늘이 바다요 바다가 하늘이라

바다 하늘 모두 다 가졌노라

옳다, 그리하여 가슴이 뻐근치야

우리 모두 다 가자꾸나 큰 바다로 가자꾸나

우리는 바다 없이 살았지야 숨 막히고 살았지야

그리하여 쪼여들고 울고불고 하였지야

바다 없는 항구 속에 사로잡힌 몸은

살이 터져나고 뼈 퉁겨나고 넋이 흩어지고

하마터면 아주 거꾸러져 버릴 것을

오! 바다가 터지도다 큰 바다가 터지도다

쪽배 타면 제주야 가고 오고

독목선 왜섬이사 갔다 왔지

허나 그게 바달러냐

건너뛰는 실개천이라

우리 3년 걸려도 큰 배를 짓자꾸나

큰 바다 넓은 하늘을 우리는 가졌노라

우리 큰 배 타고 떠나가자꾸나
창랑을 헤치고 태풍을 걷어차고
하늘과 맞닿은 저 수평선 뚫으리라
큰 호통하고 떠나가자꾸나
바다 없는 항구에 사로잡힌 마음들아
툭 털고 일어서자 바다가 네 집이라

우리들 사슬 벗은 넋이로다 풀어놓은 겨레로다
가슴엔 잔뜩 별을 안으렴아
손에 잡히는 엄마별 아기별
머리엔 그득 보배를 이고 오렴
발 아래 쫙 깔린 산호요 진주라
바다로 가자 우리 큰 바다로 가자

다정히도 불어오는 바람

다정히도 불어오는 바람이길래

내 숨결 가볍게 실어 보냈지

하늘갓을 스치고 휘도는 바람

어이면 한숨만 몰아다 주오

언덕에 바로 누워

언덕에 바로 누워
아슬한 푸른 하늘 뜻 없이 바래다가
나는 잊었습네 눈물 도는 노래를
그 하늘 아슬하야 너무도 아슬하야

이 몸이 서러운 줄 언덕이야 아시련만
마음의 가는 웃음 한때라도 없드라냐
아슬한 하늘 아래 귀여운 맘 질기운 맘
내 눈은 감기었네 감기었네

이육사

(李陸史, 1904-1944)

이육사는 일제강점기 대표적인 저항 시인이자 독립운동가로, 본명은 이원록이다. 경상북도 안동에서 태어나 도산공립보통학교에 다녔고, 20대 초반에 가족이 대구로 이사한 뒤 형제들과 의열단에 가입했다. 그는 평생을 독립을 위해 싸우며 문학과 투쟁을 결합한 독특한 행보를 보였다. 그의 시는 강렬한 저항정신과 민족의식을 담고 있으며, 대표작인 「광야」, 「청포도」, 「절정」 등은 고난의 시대 속에서 자유와 독립을 향한 열망을 그려낸다. 그의 시는 단순한 문학 작품을 넘어 민족의 고난과 희망을 상징하는 의미를 지니고 있다.

이육사는 여러 차례 투옥되었고, 마지막으로 체포된 후 1944년 북경의 감옥에서 생을 마감했다. 그의 생애는 단순한 시인의 삶을 넘어 독립운동가로서의 굳은 의지와 실천을 보여준다. 그의 시는 민족의 자존과 자유를 위한 투쟁의 상징으로 남아 오늘날에도 많은 사람에게 깊은 감동을 주고 있다.

광야

까마득한 날에

하늘이 처음 열리고

어데 닭 우는 소리 들렸으랴.

모든 산맥들이

바다를 연모해 휘달릴 때도

차마 이곳을 범하던 못하였으리라.

끝임없는 광음을

부지런한 계절이 피어선 지고

큰 강물이 비로소 길을 열었다.

지금 눈 내리고

매화 향기 홀로 아득하니

내 여기 가난한 노래의 씨를 뿌려라.

다시 천고의 뒤에

백마 타고 오는 초인이 있어

이 광야에서 목놓아 부르게 하리라.

교목

푸른 하늘에 닿을 듯이
세월에 불타고 우뚝 남아 서서
차라리 봄도 꽃피진 말아라.

낡은 거미집 휘두르고
끝없는 꿈길에 혼자 설레는
마음은 아예 뉘우침 아니라.

검은 그림자 쓸쓸하면
마침내 호수 속 깊이 거꾸러져
차마 바람도 흔들진 못해라.

절정

매운 계절의 채찍에 갈겨
마침내 북방으로 휩쓸려 오다.

하늘도 그만 지쳐 끝난 고원
서릿발 칼날 진 그 위에 서다.

어데다 무릎을 꿇어야 하나?
한 발 재겨 디딜 곳조차 없다.

이러매 눈 감아 생각해 볼밖에
겨울은 강철로 된 무지갠가 보다.

청포도

내 고장 칠월은
청포도가 익어가는 시절

이 마을 전설이 주저리주저리 열리고
먼데 하늘이 꿈꾸며 알알이 들어와 박혀

하늘 밑 푸른 바다가 가슴을 열고
흰 돛단배가 곱게 밀려서 오면

내가 바라는 손님은 고달픈 몸으로
청포를 입고 찾아온다고 했으니

내 그를 맞아 이 포도를 따먹으면
두 손은 함뿍 적셔도 좋으련

아이야 우리 식탁엔 은쟁반에
하이얀 모시 수건을 마련해 두렴

바다의 마음

물새 발톱은 바다를 할퀴고
바다는 바람에 입김을 분다.
여기 바다의 은총이 잠자고 있다.

흰 돛은 바다를 칼질하고
바다는 하늘을 간질러 본다.
여기 바다의 아량이 간직여 있다.

낡은 그물은 바다를 얽고
바다는 대륙을 푸른 보로 싼다.
여기 바다의 음모가 서리어 있다.

꽃

동방은 하늘도 다 끝나고
비 한 방울 내리잖는 그 땅에도
오히려 꽃은 빨갛게 피지 않는가.
내 목숨을 꾸며 쉬임 없는 날이여!

북쪽 툰드라에도 찬 새벽은
눈 속 깊이 꽃 맹아리가 옴작거려
제비 떼 까맣게 날아오길 기다리나니.
마침내 저버리지 못할 약속이여.

한바다 복판 용솟음치는 곳
바람결 따라 타오르는 꽃성에는
나비처럼 취하는 회상의 무리들아.
오늘 내 여기서 너를 불러보노라!

한 개의 별을 노래하자

한 개의 별을 노래하자, 꼭 한 개의 별을.
십이성좌 그 숱한 별을 어찌나 노래하겠니.

꼭 한 개의 별! 아침 날 때 보고 저녁 들 때도 보는 별
우리들과 아주 친하고 그중 빛나는 별을 노래하자.
아름다운 미래를 꾸며볼 동방의 큰 별을 가지자.

한 개의 별을 가지는 건 한 개의 지구를 갖는 것.
아롱진 설움밖에 잃을 것도 없는 낡은 이 땅에서
한 개의 새로운 지구를 차지할 오는 날의 기쁜 노래를
목 안에 핏대를 올려가며 마음껏 불러보자.

처녀의 눈동자를 느끼며 돌아가는 군수 야업의 젊은 동무들
푸른 샘을 그리는 고달픈 사막의 행상대도 마음을 축여라.
화전에 돌을 줍는 백성들도 옥야천리를 차지하자.

다 같이 제멋에 알맞은 풍양한 지구의 주재자로
임자 없는 한 개의 별을 가질 노래를 부르자.

한 개의 별, 한 개의 지구, 단단히 다져진 그 땅 위에

모든 생산의 씨를 우리의 손으로 휘뿌려보자.

영속처럼 찬란한 열매를 거두는 찬연엔

예의에 끊임없는 반취의 노래라도 불러보자.

영리한 사람들을 다스리는 신이란 항상 거룩합시니

새 별을 찾아가는 이민들의 그 틈엔 안 끼어갈 테니

새로운 지구엔 단죄 없는 노래를 진주처럼 흩뿌리자.

한 개의 별을 노래하자. 다만 한 개의 별일망정

한 개 또 한 개의 십이성좌 모든 별을 노래하자.

소년에게

차디찬 아침이슬
진주가 빛나는 못가
연꽃 하나 다복이 피고,

소년아 네가 났다니
맑은 넋에 깃들여
박꽃처럼 자랐어라.

큰 강 목놓아 흘러
여울은 흰 돌쪽마다
소리 석양을 새기고,

너는 준마 달리며
죽도 저 곧은 기운을
목숨같이 사랑했거늘,

거리를 쫓아다녀도
분수 있는 풍경 속에
동상답게 서봐도 좋다.

서풍 뺨을 스치고
하늘 한가 구름 뜨는 곳
희고 푸른 즈음을 노래하며,

노래 가락은 흔들리고
별들 춥다 얼어붙고
너조차 미친들 어떠랴.

황혼

내 골방의 커튼을 걷고
정성된 마음으로 황혼을 맞아들이노니
바다의 흰 갈매기들같이도
인간은 얼마나 외로운 것이냐.

황혼아, 네 부드러운 손을 힘껏 내밀라.
내 뜨거운 입술을 맘대로 맞추어 보련다.
그리고 네 품 안에 안긴 모든 것에
나의 입술을 보내게 해다오.

저 십이성좌의 반짝이는 별들에게도
종소리 저문 삼림 속 그윽한 수녀들에게도
시멘트 장판 위 그 많은 수인들에게도
의지가지없는 그들의 심장이 얼마나 떨고 있는가.

고비 사막을 걸어가는 낙타 탄 행상대에게나
아프리카 녹음 속 활 쏘는 토인들에게라도,
황혼아, 네 부드러운 품 안에 안기는 동안이라도
지구의 반쪽만을 나의 타는 입술에 맡겨다오.

내 오월의 골방이 아늑도 하니

황혼아, 내일도 또 저 푸른 커튼을 걷게 하겠지.

암암히 사라지는 시냇물 소리 같아서

한번 식어지면 다시는 돌아올 줄 모르나 보다.

이상

(李箱, 1910–1937)

이상은 한국 현대문학사에서 독보적인 위치를 차지하는 시인이자 소설가로, 본명은
김해경이다. 경성고등공업학교 건축부를 수석으로 졸업하고 총독부 내무국 건축과
기사로 근무했으나 1933년 각혈로 일을 그만두고 종로에서 다방 '제비'를 차려 경영
하였다. 이 무렵 이곳에 문인들이 출입하며 교유가 시작되었다. 이후 이상은 실험적
이고 독창적인 스타일로 시, 소설, 수필을 쓰기 시작했다.

대표작으로는 시 「오감도」, 「거울」, 단편소설 「날개」 등이 있으며, 특히 「오감도」 연
작시는 초현실적인 분위기와 난해한 구조로 당시 문단에 큰 반향을 일으켰다. 이상
의 작품은 복잡한 상징과 이미지, 파격적인 형식으로 독자들에게 충격을 준다. 현실
의 부조리와 인간의 내면을 탐구하며, 자신만의 독창적인 문학 세계를 구축했으나
병약한 몸과 경제적 어려움, 정신적 고뇌 속에서 폐결핵으로 짧은 생애를 마감했다.
그는 한국 문학의 새로운 가능성을 열어젖힌 선구자이자 독창적인 예술가로 기억되
고 있다.

거울

거울속에는소리가없소

저렇게까지조용한세상은참없을것이오

거울속에도내게귀가있소

내말을못알아듣는딱한귀가두개나있소

거울속의나는왼손잡이오

내악수(握手)를받을줄모르는一악수를모르는왼손잡이오

거울때문에나는거울속의나를만져보지를못하는구료마는

거울아니었던들내가어찌거울속의나를만나보기만이라도했겠소

나는지금거울을안가졌소마는거울속에는늘거울속의내가있소

잘은모르지만외로된사업에골몰할게요

거울속의나는참나와는반대요마는

또꽤닮았소

나는거울속의나를근심하고진찰할수없으니퍽섭섭하오

꽃나무

벌판 한복판에 꽃나무 하나가 있소. 근처에는 꽃나무가 하나도 없소.
꽃나무는 제가 생각하는 꽃나무를 열심으로 생각하는 것처럼 열심히
꽃을 피워가지고 섰소. 꽃나무는 제가 생각하는 꽃나무에게 갈 수 없소.
나는 막 달아났소. 한 꽃나무를 위하여 그러는 것처럼 나는 참 그런
이상스러운 흉내를 내었소.

이런 시

역사(役事)를 하노라고 땅을 파다가

커다란 돌을 하나 끄집어 내어놓고 보니

도무지 어디서인가 본 듯한 생각이 들게 모양이 생겼는데

목도(木徒)들이 그것을 메고 나가더니

어디다 갖다 버리고 온 모양이길래 쫓아나가 보니

위험하기 짝이 없는 큰길가더라.

그날 밤에 한 소나기 하였으니

필시 그 돌이 깨끗이 씻겼을 터인데

그 이튿날 가보니까 변괴로다 간 데 온 데 없더라.

어떤 돌이 와서 그 돌을 업어갔을까,

나는 참 이런 처량한 생각에서

아래와 같은 작문을 지었도다.

'내가 그다지 사랑하든 그대여

내 한평생에 차마 그대를 잊을 수 없소이다.

내 차례에 못 올 사랑인 줄은 알면서도

나 혼자는 꾸준히 생각하리다.

자, 그러면 내내 어여쁘소서.'

어떤 돌이 내 얼굴을 물끄러미 쳐다보는 것만 같아서

이런 시는 그만 찢어버리고 싶더라.

무제 1

내 마음의 크기는 한 개 궐련 기러기만 하다고 그렇게 보고,

처심(處心)은 숫제 성냥을 그어 궐련을 붙여서는

숫제 내게 자살을 권유하는도다.

내 마음은 과연 바지작 바지작 타들어가고 타는 대로 작아가고,

한 개 궐련 불이 손가락에 옮겨붙으려 할 적에

과연 나는 내 마음의 공동(空洞)에 마지막 재가 떨어지는 부드러운

음향을 들었더니라.

처심은 재떨이를 버리듯이 대문 밖으로 나를 쫓고,

완전한 공허를 시험하듯이 한마디 노크를 내 옷깃에 남기고

그리고 조인(調印)이 끝난 듯이 빗장을 미끄러뜨리는 소리

여러 번 굽은 골목이 담장이 좌우 못 보는 내 아픈 마음에 부딪혀

달은 밝은데

그때부터 가까운 길을 일부러 멀리 걷는 버릇을 배웠더니라.

오감도 시제1호

13인의아해가도로로질주하오.

(길은막다른골목이적당하오.)

제1의아해가무섭다고그리오.

제2의아해도무섭다고그리오.

제3의아해도무섭다고그리오.

제4의아해도무섭다고그리오.

제5의아해도무섭다고그리오.

제6의아해도무섭다고그리오.

제7의아해도무섭다고그리오.

제8의아해도무섭다고그리오.

제9의아해도무섭다고그리오.

제10의아해도무섭다고그리오.

제11의아해도무섭다고그리오.

제12의아해도무섭다고그리오.

제13의아해도무섭다고그리오.

13인의아해는무서운아해와무서워하는아해와그렇게뿐이모였소.

(다른사정은없는것이차라리나았소)

그중에1인의아해가무서운아해라도좋소.

그중에2인의아해가무서운아해라도좋소.

그중에2인의아해가무서워하는아해라도좋소.

그중에1인의아해가무서워하는아해라도좋소.

(길은뚫린골목이라도적당하오.)

13인의아해가도로로질주하지아니하여도좋소.

오감도 시제10호 나비

찢어진 벽지에 죽어가는 나비를 본다. 그것은 유계에 낙역되는 비밀한 통화구다. 어느 날 거울 가운데의 수염에 죽어가는 나비를 본다. 날개 축 처진 나비는 입김에 어리는 가난한 이슬을 먹는다. 통화구를 손바닥 으로 꼭 막으면서 내가 죽으면 앉았다 일어서듯이 나비도 날아가리라. 이런 말이 결코 밖으로 새어나가지는 않게 한다.

시제15호

1

나는 거울 없는 실내에 있다. 거울 속의 나는 역시 외출 중이다. 나는 지금 거울 속의 나를 무서워하며 떨고 있다. 거울 속의 나는 어디 가서 나를 어떻게 하려는 음모를 하는 중일까.

2

죄를 품고 식은 침상에서 잤다. 확실한 내 꿈에 나는 결석하였고 의족을 담은 군용 장화가 내 꿈의 백지를 더럽혀 놓았다.

3

나는 거울 속에 있는 실내로 몰래 들어간다. 나를 거울에서 해방하려고. 그러나 거울 속의 나는 침울한 얼굴로 동시에 꼭 들어온다. 거울 속의 나는 내게 미안한 뜻을 전한다. 내가 그 때문에 영어되어 있듯이 그도 나 때문에 영어되어 떨고 있다.

4

내가 결석한 나의 꿈. 내 위조가 등장하지 않는 내 거울. 무능이라도 좋은 나의 고독의 갈망자다. 나는 드디어 거울 속의 나에게 자살을 권유하기로 결심하였다. 나는 그에게 시야도 없는 들창을 가리키었다. 그

들창은 자살만을 위한 들창이다. 그러나 내가 자살하지 아니하면 그가
자살할 수 없음을 그는 내게 가르친다. 거울 속의 나는 불사조에 가깝다.

5

내 왼편 가슴 심장의 위치를 방탄 금속으로 엄폐하고 나는 거울 속의
내 왼편 가슴을 겨누어 권총을 발사하였다. 탄환은 그의 왼편 가슴을
관통하였으나 그의 심장은 바른편에 있다.

6

모형 심장에서 붉은 잉크가 엎질러졌다. 내가 지각한 내 꿈에서 나는
극형을 받았다. 내 꿈을 지배하는 자는 내가 아니다. 악수할 수조차 없
는 두 사람을 봉쇄한 거대한 죄가 있다.

질문들

윤동주

「서시」

'별을 노래하는 마음'은 어떤 마음일까요? 여러분은 밤하늘의 별을 보면 어떤 생각이 드나요?

「쉽게 씌어진 시」

'시가 이렇게 쉽게 쓰이는 것은 부끄러운 일이다'라는 말은 무슨 뜻일까요? 여러분은 어떤 일을 쉽게 할 때 어떤 느낌이 드나요?

「편지」

시인은 눈을 편지에 넣어서 보내고 싶다고 말합니다. 여러분은 눈이 오면 어떤 생각이 드나요? 만약 누군가에게 눈을 편지로 보내고 싶다면, 그 사람에게 어떤 마음을 전하고 싶나요?

「눈」

시인은 눈을 '덮어주는 이불'이라고 표현합니다. 여러분은 눈이 내릴 때 어떤 느낌이 드나요? 만약 이불처럼 따뜻하게 누군가를 덮어줄 수 있다면, 누구를 덮어주고 싶나요?

「참회록」

시인은 '내가 살아온 시간에 대해 참회한다'고 말합니다. 여러분은 지난 일 중에 다시 생각해보고 싶은 일이 있나요? 만약 그때로 돌아간다면 무엇을 바꾸고 싶나요?

「소년」

소년은 하늘을 바라보며 어린 시절을 떠올리고 있습니다. 여러분은 하늘을 볼 때 어떤 생각이 드나요? 좋아하는 어린 시절의 기억이 있다면 이야기해볼까요?

「**자화상**」

시인은 우물 속의 자신의 모습을 보고 미워하기도 하고, 가엾게 여기기도 합니다. 여러분은 거울에 비친 나를 볼 때 어떤 생각이 드나요? 스스로에게 해주고 싶은 말이 있나요?

「**길**」

시인은 잃어버린 것을 찾기 위해 길을 걷고 있습니다. 여러분은 잃어버렸던 물건이나 기억하고 싶은 것을 찾은 적이 있나요? 그때 어떤 기분이 들었나요?

「**병원**」

병원에 있는 여자는 금잔화 한 포기를 따서 가슴에 꽂고 사라집니다. 아프거나 슬플 때, 여러분을 안정시켜 주는 것이 있나요?

「**별 헤는 밤**」

시인은 밤하늘의 별을 보며 여러 가지를 떠올립니다. 여러분은 밤하늘의 별을 볼 때 어떤 생각이 드나요? 그 별에 이름을 붙인다면 어떤 이름을 붙이고 싶나요?

「**바람이 불어**」

바람이 불고 강물이 흐르지만, 시인의 발은 반석 위와 언덕 위에 굳게 서 있습니다. 여러분은 바람이 불고, 강물이 흐르는 모습을 볼 때 무슨 생각이 드나요?

김소월

「진달래꽃」

시인은 진달래꽃을 길에 뿌려서 누군가를 배웅하고 있습니다. 여러분은 만약 소중한 사람을 위해 꽃을 뿌린다면, 어떤 꽃을 뿌리고 싶나요?

「금잔디」

시에서 '금잔디'는 봄에 피어납니다. 여러분은 봄이 오면 어떤 느낌이 드나요? 봄에만 볼 수 있는 특별한 것이 있다면 무엇인지 이야기해볼까요?

「예전엔 미처 몰랐어요」

시인은 예전에는 몰랐던 감정을 이야기하고 있습니다. 여러분도 시간이 지나면서 새롭게 알게 된 것이 있나요? 예전에는 몰랐지만 지금은 소중하다고 느끼는 것이 있다면 무엇인가요?

「**엄마야 누나야**」

시인은 강변에 살고 싶다고 말합니다. 여러분은 어떤 곳에서 살고 싶나요? 그곳에서 어떤 것들이 보이고, 어떤 소리가 들릴까요?

_____

_____

_____

「**산유화**」

이 시는 산에 피고 지는 꽃을 이야기하고 있습니다. 여러분은 산에 가본 적이 있나요? 산에서 본 것 중에 가장 기억에 남는 것이 있다면 무엇인가요?

_____

_____

_____

「**개여울**」

시인은 '개여울'에서 누군가를 기다리고 있습니다. 여러분도 누군가를 애타게 기다린 적이 있나요? 그때 어떤 기분이 들었나요?

_____

_____

_____

「못 잊어」

시인은 누군가를 잊지 못하고 있습니다. 여러분도 자주 생각나는 사람이 있나요? 그 사람을 떠올리면 어떤 기분이 드나요?

「먼 후일」

이 시는 '먼 훗날'에 대해 이야기합니다. 여러분은 미래에 어떤 일을 하고 싶나요? 먼 훗날 여러분이 어떤 모습일지 상상해볼까요?

「초혼」

시인은 '그대의 이름을 부르노라'고 말하고 있습니다. 여러분이 정말 보고 싶은 사람이나 소중한 친구의 이름을 불러본 적이 있나요? 그 이름을 부를 때 어떤 마음이 드나요?

한용운

「님의 침묵」

시인은 '님'을 떠나보냈지만 여전히 잊지 못하고 있습니다. 여러분에게도 멀리 떠나 있거나 잊지 못하는 특별한 사람이 있나요? 그 사람을 생각하면 어떤 마음이 드나요?

「나룻배와 행인」

나룻배는 행인을 도와주지만, 행인은 나룻배를 돌아보지 않고 떠납니다. 누군가를 도와줬는데, 그 사람이 알아주지 않아서 서운했던 적이 있나요? 그때 어떤 기분이 들었나요?

「님의 손길」

'님의 손길'은 아주 차갑게 느껴집니다. 여러분은 누군가의 손길이 따뜻하거나 차갑게 느껴졌던 적이 있나요? 그때 어떤 기분이 들었나요?

「**사랑하는 까닭**」

시인은 '사랑하는 데에는 이유가 있다'고 말합니다. 누군가를 좋아하거나 사랑할 때 그 이유를 생각해본 적이 있나요? 그 사람의 어떤 점이 여러분을 기쁘게 하나요?

「**복종**」

시인은 '복종'이 다른 사람에게 순순히 따르는 것이라고 말합니다. 여러분은 누군가를 기꺼이 따르거나 도와준 적이 있나요? 그때 어떤 마음이었나요?

「**당신을 보았습니다**」

시인은 어려운 순간에 '당신'을 떠올리며 위로를 받는 것 같습니다. 여러분도 힘들거나 슬플 때 생각나는 사람이 있나요? 그 사람을 생각하면 어떤 기분이 드나요?

「사랑」

시인은 사랑이 '봄 물보다 깊고, 가을 산보다 높고, 달보다 빛나고, 돌보다 굳다'고 표현합니다. 여러분이 생각하는 사랑은 어떤 모습인가요? 사랑을 물건이나 자연의 모습으로 표현한다면 무엇으로 표현하고 싶나요?

「달을 보며」

시인은 달을 보면서 '당신'을 떠올립니다. 여러분도 밤하늘의 달을 보면서 특별한 사람이나 기억을 떠올린 적이 있나요?

「알 수 없어요」

시인은 자연에서 '알 수 없는 것들'을 발견하고 궁금해합니다. 여러분도 자연 속에서 신기하거나 궁금한 것을 본 적이 있나요? 그때 어떤 느낌이 들었나요?

「**사랑의 존재**」

시인은 사랑이 이름을 지을 수 없는 특별한 것이라고 말합니다. 너무 특별해서 이름으로 규정할 수 없는 것이 또 있을까요?

정지용

「향수」

시인은 자신의 고향을 그리워하고 있습니다. 여러분은 그리운 곳에 대한 기억이 있나요? 그곳을 떠올리면 어떤 느낌이 드나요?

「그의 반」

시인은 '그의 반'을 아름답게 느끼고 있습니다. 여러분에게도 특별하게 느껴지는 무언가가 있나요? 그것을 생각하면 어떤 감정이 드나요?

「호수 1」

시인은 호수를 바라보며 누군가를 떠올립니다. 여러분도 어떤 장소를 보며 특별한 사람이나 추억이 떠오른 적이 있나요?

「**유리창 1**」

시인은 유리를 닦으며 밤하늘의 별을 보고 있습니다. 여러분은 밤하늘을 보면서 어떤 생각을 하나요? 유리창 너머로 보고 싶은 것이 있다면 무엇일까요?

「**이른 봄 아침**」

시인은 이른 봄 아침에 깨어나 자연의 소리를 듣습니다. 아침에 일어나면서 들은 소리 중 기억에 남는 것이 있나요? 그 소리를 들을 때 어떤 기분이 들었나요?

「**바다 1**」

시인은 바다의 소리를 듣고 있습니다. 여러분이 바다에서 들었던 소리나 봤던 풍경 중에 가장 기억에 남는 것은 무엇인가요?

「춘설」

시인은 봄에 내린 눈을 보고 있습니다. 여러분은 눈이 내리면 어떤 생각이 드나요? 눈이 내릴 때 특별한 추억이 있다면 이야기해볼까요?

「달」

시인은 달을 바라보며 여러 가지 생각을 합니다. 여러분은 밤하늘의 달을 보면 어떤 기분이 드나요? 달을 보며 떠올리는 특별한 사람이 있나요?

「별」

시인은 별을 바라보며 자신의 감정을 떠올립니다. 여러분은 별을 볼 때 어떤 감정이 드나요? 그 별에게 말해주고 싶은 것이 있다면 무엇일까요?

「**고향**」

시인은 고향에 돌아가지만 그리던 모습과 달라서 아쉬워합니다. 여러분에게도 돌아가고 싶은 곳이나 만나고 싶은 사람이 있나요? 그곳이나 사람이 지금은 어떻게 변했을지 상상해볼까요?

김영랑

「돌담에 속삭이는 햇발같이」

시인은 돌담에 비치는 햇살을 보고 있습니다. 햇살이 따뜻하게 비추는 날에 어디에 가고
싶나요? 햇살을 받으며 놀거나 산책한 기억 중에 가장 즐거웠던 순간은 언제인가요?

「내 마음을 아실 이」

시인은 자신의 마음을 알아줄 누군가를 찾고 있습니다. 여러분의 마음을 가장 잘 이해
해주는 사람은 누구인가요? 그 사람에게 어떤 말을 하고 싶나요?

「꿈밭에 봄 마음」

시인은 봄의 꿈을 이야기하고 있습니다. 봄이 오면 가장 먼저 해보고 싶은 일이나 가고
싶은 곳이 있나요? 그곳에서 무엇을 하고 싶은지 상상해볼까요?

「끝없는 강물이 흐르네」

시인은 끝없이 흐르는 강물을 바라보고 있습니다. 강이나 냇물이 계속 흐르는 모습을 본 적이 있나요? 그 물을 보면서 어떤 생각이 들었나요?

「모란이 피기까지는」

시인은 모란이 피어날 때까지 기다린다고 합니다. 여러분은 무언가를 기다려본 적이 있나요? 그걸 기다리는 동안 어떤 마음이 들었나요?

「바다로 가자」

시인은 바다로 가자고 말합니다. 여러분은 바다에 가면 무엇을 하고 싶나요? 바다에서 즐거웠던 기억이 있다면 이야기해볼까요?

「다정히도 불어오는 바람」

시인은 바람이 불어오는 것을 느끼고 있습니다. 여러분도 부드러운 바람을 맞아본 적이 있나요? 그 바람이 여러분에게 어떤 느낌을 주었나요?

「언덕에 바로 누워」

시인은 언덕에 누워 하늘을 바라보고 있습니다. 여러분은 하늘을 바라볼 때 어떤 생각이 드나요? 하늘을 보면서 떠오르는 특별한 기억이 있다면 무엇인가요?

이육사

「광야」

시인은 넓은 광야에서 초인을 기다리고 있습니다. 여러분은 넓은 들판이나 큰 자연을 마주했을 때 어떤 기분이 드나요? 그곳에서 어떤 상상을 해봤나요?

「교목」

시인은 푸른 하늘을 향해 우뚝 서 있는 나무를 이야기합니다. 여러분은 하늘을 향해 높이 자라는 나무를 본 적이 있요? 그 나무를 보면서 어떤 생각이 들었나요?

「절정」

시인은 겨울의 차가운 칼날 같은 순간을 표현하고 있습니다. 여러분은 힘들고 추운 순간을 겪은 적이 있나요? 그때 어떤 마음으로 이겨냈나요?

「청포도」

시인은 청포도가 익어가는 계절을 기다리고 있습니다. 과일이 익어가는 모습을 본 적이 있나요? 가장 좋아하는 과일이 있다면, 그 과일을 기다리는 기분은 어떤가요?

_____

_____

_____

「바다의 마음」

시인은 바다의 여러 가지 모습을 이야기하고 있습니다. 여러분은 바다를 볼 때마다 그 모습이 다르게 보인 적이 있나요? 그때 어떤 감정이 들었나요?

_____

_____

_____

「꽃」

시인은 꽃이 빨갛게 피어나는 모습을 그리고 있습니다. 여러분은 가장 기억에 남는 꽃이 있나요? 그 꽃을 보았을 때 어떤 생각이 들었나요?

_____

_____

_____

「한 개의 별을 노래하자」

시인은 특별한 한 개의 별을 노래하고 있습니다. 여러분이 나만의 별을 갖게 된다면, 그 별에게 어떤 이야기를 하고 싶나요?

「소년에게」

시인은 소년을 보며 맑은 넋에 깃드는 마음을 표현합니다. 여러분은 누군가를 보면서 순수하고 맑은 마음을 느낀 적이 있나요? 그때 어떤 감정이 들었나요?

「황혼」

시인은 황혼을 맞아들이며 여러 가지 생각을 하고 있습니다. 해가 지는 저녁 무렵에 본 풍경 중에 가장 아름다웠던 것이 있다면 무엇인가요? 그때 어떤 기분이었나요?

이상

「거울」

시인은 거울 속에서 자신의 모습을 바라보고 있습니다. 거울을 볼 때 내 모습이 나를 그대로 보여주는 것 같나요, 아니면 뭔가 달라 보일 때가 있나요? 그때 어떤 생각이 들었나요?

「꽃나무」

시인은 꽃나무가 다른 꽃나무를 생각하며 서 있다고 표현합니다. 여러분은 꽃을 보면서 그 꽃이 어떤 생각을 하고 있을지 상상해본 적이 있나요? 그 꽃은 무슨 이야기를 하고 있을까요?

「이런 시」

시인은 땅에서 발견한 커다란 돌을 생각하며 이야기하고 있습니다. 땅에서 우연히 발견한 것 중에 특별하거나 신기했던 것이 있나요? 그걸 보면서 어떤 생각을 했나요?

시인은 궐련(담배)이 타들어가는 모습을 마음에 빗대어 표현합니다. 여러분은 자신이 가진 물건이나 사물이 어떤 감정이나 생각을 표현한다고 느낀 적이 있나요? 그 사물은 어떤 이야기를 하고 있을까요?

「오감도 시제1호」
시인은 '아해'들이 무섭다고 느끼는 모습을 그리고 있습니다. 여러분이 무서움을 느낀 적이 있다면 그때 어떤 상황이었나요? 그리고 그 무서움을 어떻게 극복했나요?

「오감도 시제10호 나비」
시인은 죽어가는 나비를 바라보며 생각에 잠깁니다. 여러분은 나비나 곤충 같은 작은 생명체를 보면 어떤 생각이 드나요?

「**시제15호**」

시인은 거울 속에 있는 나와 내가 서로 다른 것처럼 표현합니다. 거울을 볼 때 내 모습이 평소와 다르게 느껴진 적이 있나요? 그때 어떤 생각이 들었나요?

마음을 다해 쓰는 글씨 나만의 필사책

한국의 아름다운 시

초판 1쇄 2024년 11월 20일

지은이 윤동주·김소월·한용운·정지용·김영랑·이육사·이상

책임편집 김수현
디자인 박영정

펴낸이 김수현
펴낸곳 마음시선

메일 maumsisun@naver.com | **인스타그램** @maumsisun

ISBN 979-11-93692-07-3 03810